Die Ballade von den Himmelsstürmern

1

Xia Da
夏达
(Texte und Bilder)

Aus dem Chinesischen übersetzt von
Marc Hermann

[1] Verse aus den "Himmelsfragen" (*Tianwen* 天问), einem über 2000 Jahre alten chinesischen Gedicht, das wie eine Art Katechismus Mythologie und kosmologische Spekulation miteinander verbindet und traditionell Qu Yuan 屈原 (circa 340 - 278 v. Chr.) zugeschrieben wird. (Anm. d. Übers.)

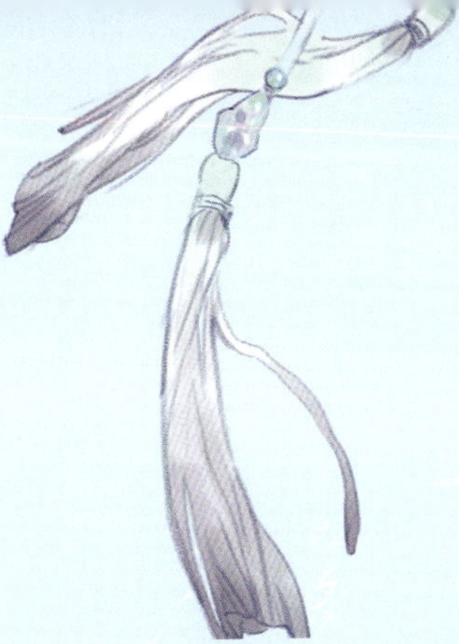

Wer kündet vom Uranbeginn der Zeiten?
Wer weiß, was war, eh Himmel und Erde sich formten?
Wo kommt das Licht und wo das Dunkel her?
Wie mischen Yin und Yang sich?
Wie schaffen und verwandeln sie die Dinge?
Himmel und Erde, wo finden sie zusammen?
Die Zwölf Häuser des Himmels, wie sind sie geordnet?
Sonne und Mond, wie sind sie verbunden?
Und wie die Gestirne verteilt? [1]

Kapitel 1

Tiefe Weisheit wird erkannt.

Meister Phönixbaum nimmt einen Schüler an.

Der sechste Finger wird abgeschnitten.

Die Wege der Zwillinge trennen sich.

DONNER

DONNER
RAUSCH
RAUSCH

DONNER

Kaiserpalast der Chen-Dynastie, im 7. Jahr der Ära „Ewige Blüte“.

Puh …
Puh …
Puh …
Glück-wunsch, mein Kind !

Du hast zwei gesunde Kinder geboren, einen Prinzen und eine Prinzessin.
Solche Zwillinge
verheißen großen Segen.
Uäääh!

Der kleine Prinz ist mit einem zinnoberroten Muttermal auf der Stirn auf die Welt gekommen. Er plärrt nicht und wirkt unglaublich klug und ruhig.
Seine Majestät wird ihn gewiss sogleich ins Herz schließen.
Ruh dich jetzt erst einmal gut aus. Ich sorge dafür, dass Seine Majestät die frohe Nachricht gleich erfährt.
Mutter, ...

ich habe nur einen Prinzen geboren.
...
Aber Kind, du ...
Die Regentin der vorigen Dynastie, die mit dem Vater Seiner Majestät um die Macht gekämpft und den Hof ins Chaos gestürzt hat – sie hatte sechs Finger.
Seitdem hält der Kaiser jedes weibliche Neugeborene mit sechs Fingern für ein böses Omen.
Wärst du in eine einfache Familie geboren, so wäre das nicht weiter schlimm.
Väääh ...

Leider soll deine Mutter Kaiserin werden ...
und dein Bruder Kronprinz.

Eure Majestät, seht nur: Was für eine wundersame Himmelserscheinung!
Die Morgensonne hat eben senkrecht auf den Palast geschienen – das ist gewiss ein Glück verheißendes Omen!
Willst du nicht Hofastronom werden ?
Eure Majestät!
Zu viel der Ehre. Wenn Ihr erlaubt, ziehe ich mich jetzt …
Ich verdiene den Tod!
Ich habe zwei Hexenmeister in den Palast eindringen lassen.

Untersteht euch ja nicht, Seine Majestät zu stören!
Haltet die Hexer auf!
Stehenbleiben!
Eure allererhabenste Majestät.

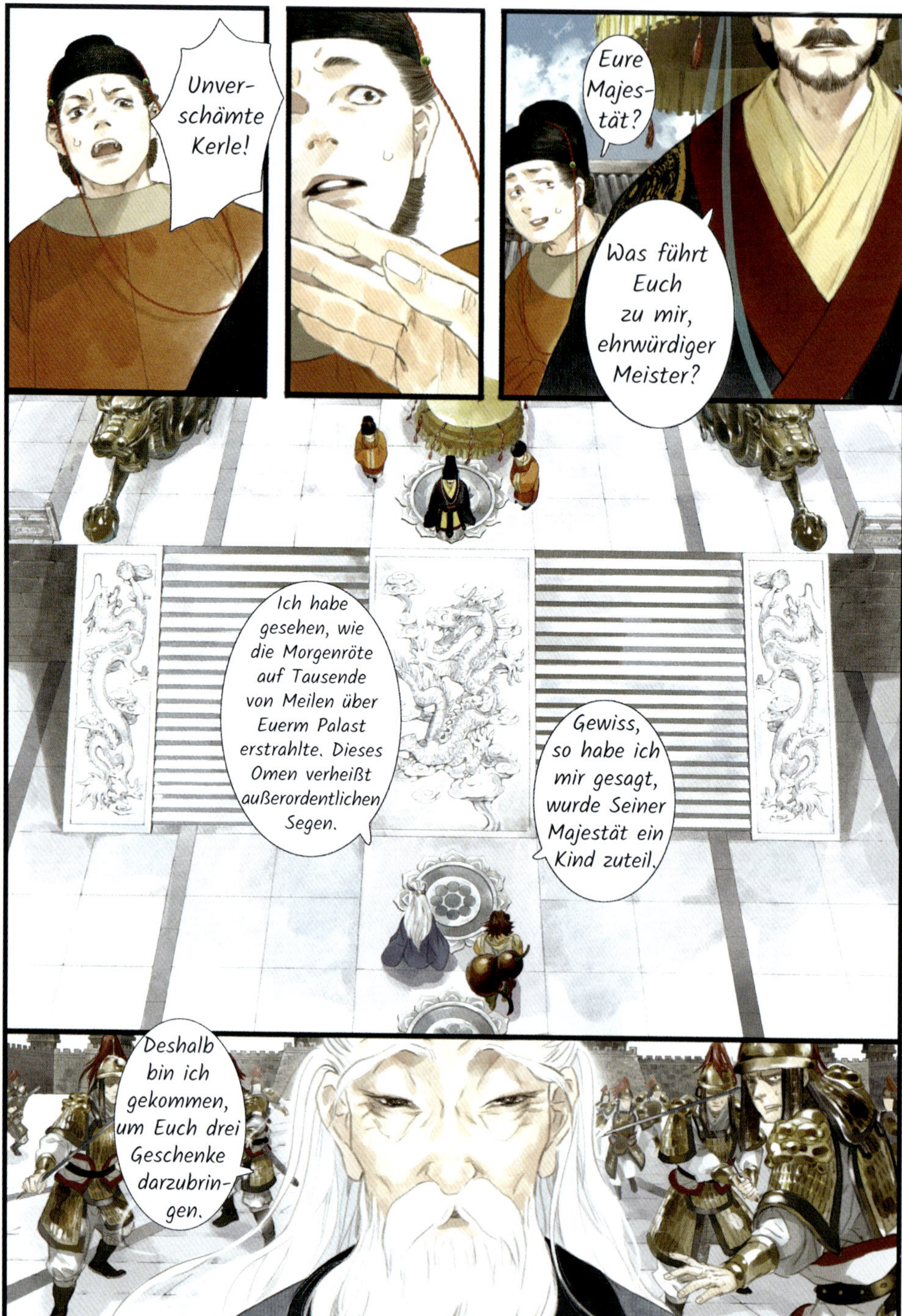
Unverschämte Kerle!
Eure Majestät?
Was führt Euch zu mir, ehrwürdiger Meister?
Ich habe gesehen, wie die Morgenröte auf Tausende von Meilen über Euerm Palast erstrahlte. Dieses Omen verheißt außerordentlichen Segen.
Gewiss, so habe ich mir gesagt, wurde Seiner Majestät ein Kind zuteil.
Deshalb bin ich gekommen, um Euch drei Geschenke darzubringen.

Geschenke ?
Darf ich die Herren Soldaten bitten, ein wenig zurück-zutreten?

Dies ist ein Stück einer uralten magischen Wurzel aus einer Tropfsteinhöhle am Fuß des heiligen Kunlun-Gebirges.
Es kann noch drei Pfirsiche tragen.

Ein jeder von ihnen schenkt sechzig Lebens-jahre.
Dies ist das erste Geschenk.
Jenseits des Ostchinesischen Meeres lebte ein tausend-jähriges Kroko-dil, in dessen Adern göttliches Blut floss.
Diese Trommel ist aus seiner Haut gemacht.

Wird sie vor der Front geschlagen, so erbebt die ganze Welt.
Eure Heerscharen kämpfen für Euch bis in den Tod, und alle Feinde strecken die Waffen.
Bumm
Dies ist das zweite Geschenk.
Eure Majestät!

Ehrwürdiger Meister, …
vergebt mir meinen Unverstand. Ich habe Euch nicht gebührend empfangen.
Bitte beehrt mich in meinem Palast.
Nur keine Eile.
Zeigt mir nun bitte, woraus Euch das dritte Geschenk erwachsen soll.
Häh?

Eure Majestät!
Eure Majestät!
Euch ist ein großes Glück zuteilgeworden!
Um Viertel nach neun hat Eure Erste Nebenfrau, Ihre Kaiserliche Hoheit Jing, Euch einen vierten Sohn geboren!
Ehrwürdiger Meister, …
meint Ihr etwa dieses Kind?

Fürwahr ein Kind, das keine Wünsche offenlässt, ...
von klarem Geist und reiner Energie erfüllt!
Mei...
Meister?
Dieser Knabe ist von Himmel und Erde zu Großem bestimmt.
Euer Reich ist für ihn zu klein.

Ich bin gekommen, um ihn vor dem Unglück der gewöhnlichen Sterblichen zu bewahren und ihn für immer ...
aus der Welt des irdischen Staubs zu erlösen.
Dies ist das dritte Geschenk.
War...

Wartet!
Meister, kommt zurück!
...
Hast du das gesehen? Das waren doch Meister Phönixbaum und Meister Himmelsfeuer vom Penglai, oder etwa nicht? Vor ein paar Tagen haben die uns doch noch im Kunlun besucht.
...
Zwei halbe Unsterbliche mit solch überragenden Fähigkeiten, wie es sie in hundert Jahren kein zweites Mal gibt, hauen wie dahergelaufene Bauernfänger einen gewöhnlichen Sterblichen übers Ohr?!
Sie haben ihn doch übers Ohr gehauen, oder?

O Mann, ...
was schreist du denn so ...
Hey!
Ein junger Mitbruder wurde vor unseren Augen verschleppt, und das ist alles, was du dazu zu sagen hast?
Und woher willst du das so genau wissen, dass das unser Mitbruder war?
Der Meister hat uns hierher geschickt, damit wir einen neuen Schüler abholen, ...
und auf einmal zeigt unser Energiemesser keinerlei Reaktion mehr – ...
wer soll der Neue denn sonst sein, wenn nicht der, den sie gerade mitgenommen haben?
Gegen die vom Penglai kommen wir doch eh nicht an.

Los, zurück zum Kunlun!
Was hat sich der Meister bloß dabei gedacht, dass er dich mitgeschickt hat?!
Du nervst!
...

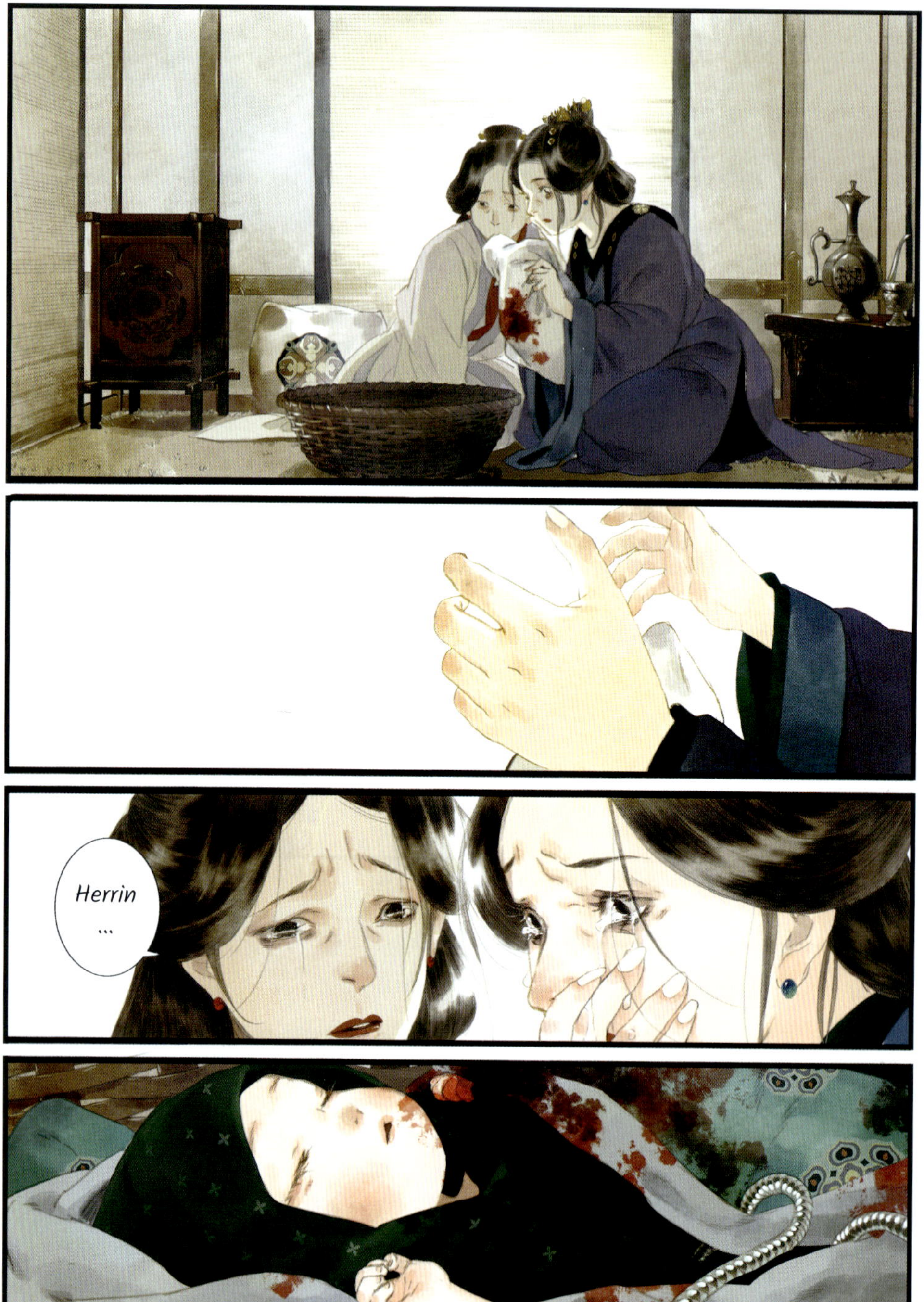
Herrin
...

Sei deiner Mutter nicht böse, ich bitte dich ...
Schluchz ... Mein armer Liebling ...
Komm nur ja nicht wieder hier im Kaiserhaus zur Welt ...
Du hast die schönsten Schätze zum Fenster rausgeworfen und dem Kaiser irgendein Ammenmärchen aufgetischt, ...
nur um dir dieses Baby als Schüler unter den Nagel zu reißen?

Das war aber eine ziemlich peinliche Nummer, oder?
...
Das war mehr als nur ein Ammenmärchen.
Dieser Knabe ist wirklich für den Penglai bestimmt,
nur dass ich noch im Dunkeln tappe, wohin genau ihn sein Schicksal führen wird.
Hast du etwa ...
Nun, da der Himmel ein Unheil über uns verhängt hat,
kann ich freilich einen flüchtigen Blick darauf erhaschen, was der Große Weg für dieses Kind bereithält.
Kaum bist du geboren, sind die Bande zu deinen Eltern schon durchtrennt.

Du, der du ohne Anhaftungen, ...
ohne Namen, ...
in reiner Buddha-Natur mit mir auf den Penglai kommst, ...
sollst von nun an den Namen Quchen, ...
Der vom irdischen Staub Befreite, tragen.
Platsch

嗒
Schnapp
Wessen Kind ist denn das?
So eine Sünde!
...
Hat man dich deswegen ausgesetzt?

[2] Ting 汀 heißt "Flussniederung". (Anm. d. Übers.)

Kapitel 2

Die Tore des Bewusstseins öffnen sich.

Erste Begegnung im All-Einen.

Ein Untier wird erlegt.

Die Bande des Schicksals werden offenbar.

DRÖHN
Opa!
Opa! Schau mal, schnell! Was ist denn das?
Das ... das ist ...

Das ist Penglai, die Insel der Seligen!!!
DRÖHN
Hahaha!
Penglai! Der Berg der Götter ist uns erschienen!
Was für ein Berg, Opa?
Das ist ein Berg, der im Meer treibt.
Die Alten sagen: Auf diesem Berg wohnen die Unsterblichen. Wo immer er auftaucht, weicht alles Übel, und Glück und Frieden kehren ein.
Ihn zu sehen verheißt großen Segen!
Die Götter seien uns gnädig!
Die Götter seien uns gnädig!
Wo willst du hin?!

Ich schaue ihn mir mal aus der Nähe an.
Niemand hat sich ihm je nähern können!
Willst du den Fischen zum Fraß fallen, du Naseweis?
Er ist so schön ...
He, Opa, schau doch mal, wie bunt der Gipfel leuchtet!
Haben die Götter das bewirkt?

RAUSCH

Ganz schön heftig ...
Unser kleiner Meister Quchen kann mit der reinen Energie, die er in sich aufnimmt, schon solche Wirbel erzeugen –
ist das die göttliche Urenergie des All-Einen?
Der kleine Meister pflegt mit den kosmischen Urkräften der Fünf Elemente einen so natürlichen Umgang, wie wir atmen. Wenn es ihm nicht noch an den Grundlagen gefehlt hätte, hätte er wohl schon mit nicht einmal fünf Jahren den Großen Weg der Meisterschaft beschritten.
Mit fünf die erste Stufe zur Unsterblichkeit erklimmen – das ist ja wohl schon krass genug!
Aber wie viele Sterbliche mit solchen Gaben findest du denn auch unter dem Himmel?
Ach ja,
Bruder, sag mal: Diese Energie-wirbel – werden die nicht auf dem Meer ringsum ...
...

Mist!
Schnell! Wir müssen die Leute retten!!
Aus-atmen
Ein-atmen
Aus

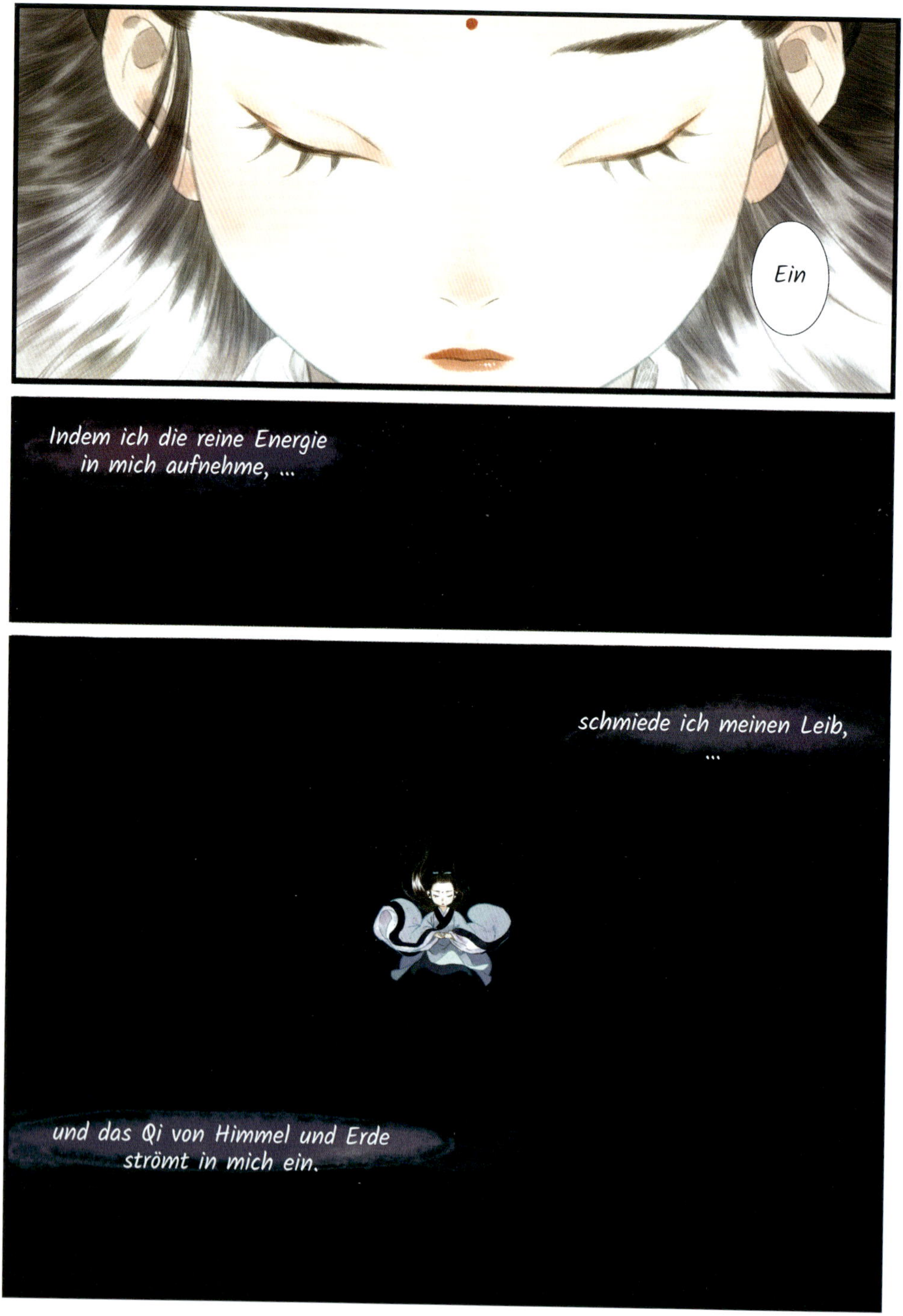
Ein
Indem ich die reine Energie in mich aufnehme, …
schmiede ich meinen Leib, …
und das Qi von Himmel und Erde strömt in mich ein.

Mein Geist wird klar
...

und mit ihm alle Sinne.
Die Tore des Bewusstseins
öffnen sich dem All-Einen.

Dies also ist das Meer meines Bewusstseins?
Es ist, wie der Meister gesagt hat:
ein All-Eines wie das Urchaos, in dem Himmel und Erde noch nicht voneinander geschieden waren.
Geist und Körper sind sich gleich.
Wie lange ich wohl noch üben muss, bis mein Geist den Körper verlassen kann?
...
Bei meinen überragenden Fähigkeiten ...

sicher nicht mehr lange.
Peng!
Peng!
Bumm!

Peng!
……
Was macht denn dieser Eindringling in meinem Bewusstsein?
Bin ich etwa einem Trugbild verfallen??

Hust!

Hust!
Röchel!
He, du alter Sack ...
Wenn du mich jetzt nicht umbringst,
werde ich **dich** eines Tages töten.
Ich habe deinen Vater getötet, weil er ein Räuber und Mörder war. Das Blut von Dutzenden Menschen klebte an seinen Händen.
Du hast noch nichts verbrochen, deshalb lasse ich dich am Leben.
Mit der Kampfkunst deines Vaters war es nicht weit her, also fand er den Tod.
Wenn du es fertigbringst, mich zu töten, habe ich nichts dagegen einzuwenden.

Gehen wir.
He, du alter Knacker!
Und wenn du der größte Kämpfer unter dem Himmel wärst – drauf geschissen!
Du bist alt. Und irgendwann bist du nur noch ein klappriger Tattergreis!
Ich dagegen stehe dann voll im Saft.
Dann kannst du dich für die Schlachtbank bereit machen!

He, junger Knacker!
Wenn es so weit ist, …
kämpfst du mit mir.

Aarggh ...
Er hat dich doch beleidigt!
Wieso hast du ihm denn nicht die Rübe eingehauen?
Pust!
Pust!
Er ist ja nicht mein Enkel.
Was schert mich sein Gerede!

Pfff!
Schon wieder ein Holzschwert?
Ich will aber kein Holzschwert!
Ich will auch so was!

♪
Ich will aber kein Holzschwert!
Ich will ein echtes Schwert!
Ich will ein Schwert aus Eisen!
Grmpf!
Opa?
Pst.

Knack
...
Knister
Knister
Knister

KNALL

KRACK

Raschel
O- ...
Opa ...

Ihr ... Ihr seid ein Held ...
Ihr habt unser Dorf gerettet!
Los, Leute! Sagt dem Dorfvorsteher, er soll ein Festmahl vorbereiten!
Ein Held ... nein ... ein Retter!
Hahaha! Da hat diese Bestie ja ein schönes Ende gefunden!

Meine übernatürliche Energie und Geisteskraft fließt ungehindert.
Ich habe mich nicht in einem Trugbild verloren.
Aber ...
was hat dann diese Vision zu bedeuten?
Puh ...

Nur gewöhnliche Sterbliche greifen zu solch roher körperlicher Gewalt ...
...

Das war knapp!
Wer hätte gedacht, dass die Energiewirbel einen so gewaltigen Sturm auf dem Meer heraufbeschwören würden!
Hättest du den Sturm nicht zerstreut, ...
wären die gewöhnlichen Sterblichen im weiten Umkreis jetzt den Fischen zum Fraß gefallen.
Da- ... dafür bin ich auch ganz ausgepumpt ...
Wenn der kleine Meister sich anschickt, die nächste Stufe des Großen Wegs zu ersteigen, ...
ziehen wir lieber vorher einen magischen Schutzkreis.
Ab der Stufe, auf der er einen Embryo aus reiner Energie in sich kultiviert hat, brauchen wir den großen Bergschutzzauber.
Wir konnten ja nicht ahnen, dass der kleine Meister, kaum kann er seine Energie veredeln, Himmel und Erde so in Aufruhr versetzen würde!

Habt Dank für euer Eingreifen.
Kleiner Meister, meinen Glückwunsch! Ihr habt die Tore des Bewusstseins geöffnet!
Wie hat sich das angefühlt?
Nun ... der Körper ist viel leichter und stärker, und dennoch sondert er nichts Unreines ab.
Auch mit geschlossenen Augen kann man nur mit dem Geist noch ein paar Dutzend Meter weit sehen.
Der kleine Meister ernährt sich doch von klein auf nur von Tau und edlen Früchten! Sein Körper kennt gar keine Unreinheiten.
Als sich bei mir die Tore des Bewusstseins geöffnet haben, konnte ich mit dem dritten Auge höchstens zehn Meter weit sehen ...
Ob mich wohl einer von euch zum Senfsamen-Pavillon begleiten kann?
Ich bringe Euch dorthin.

Kleiner Meister, ...
Ihr seid wohl auf irgendein Problem gestoßen?
aber ... irgendetwas scheint Euch zu bedrücken.
Na ja ... natürlich gibt es für jemanden mit Euren Gaben gar keine wirklichen Probleme, ...
aber ...
Ihr habt zwar schon immer in Euch geruht, aber ich ...
ich dachte nur, ich sollte trotzdem mal fragen.
...
Es ist nichts weiter.

Kapitel 3

Im Senfsamen-Pavillon
sucht Quchen nach einer Erklärung.
In der Dorfschule
sorgt Ating für Aufregung.

Dieser verfluchte Bär
hat uns sieben Menschenleben gekostet.
Unser ganzes Dorf steht tief in Eurer Schuld.
Also haut nur tüchtig rein! Esst, so viel Ihr wollt!

Ihr habt einen guten Appetit,
aber es kommen auch noch fünf Hauptgerichte.
Diese Bestie ...
wird wohl ein Dämon werden.
Um uns von dieser Plage zu befreien, haben so viele von unseren Jägern ... Ach.
Ehrenwerter Retter!
Unser Retter ...
Ich, Frau Zhao, geborene Liu, und mein Sohn Nuo danken Euch zutiefst für Eure Güte ...
und bitten Euch inständig, diese Entlohnung anzunehmen.

?
Die beiden hatten am meisten unter dem Untier zu leiden.
Der Vater und ein Großvater von Nuo sind beide … Und dabei war der Vater unser bester Jäger.
Wenn Ihr unser Geld wirklich nicht annehmen wollt, …
dann lasst uns wenigstens eine Weile für Euch sorgen.
So kann ich meinem Vater und meinem Mann noch einen letzten Dienst erweisen.

Werter Meister Chen, wenn Ihr es nicht eilig habt, dann bleibt doch noch ein wenig länger.
Betrachtet es einfach als Ruhepause für Euch und Euer Enkelkind.
Schlurp
...
Schmatz
Na gut, dann habt Dank für Eure Gast-freundschaft

In den neun Stockwerken des Senfsamen-Pavillons
ist die gesamte Bibliothek des Penglai untergebracht.
Die geografischen Aufzeichnungen und die Schriften über das weltliche Leben, die Ihr schon kennt, befinden sich alle auf der ersten Ebene.
Nun, wo Ihr die Stufe erreicht habt, auf der Ihr Eure Energie veredeln könnt, könnt Ihr zur zweiten Ebene übergehen.
Hier sind die Berichte unserer Vorgänger über ihre Reisen versammelt, über ihre Techniken zur Energieveredelung, ihre Fähigkeiten und Erfahrungen auf dieser Stufe, ...
dazu geheime Gerüchte und Legenden aus dem Kreis derer, die sich dem Großen Weg verschrieben haben.

Angeblich hat das Schicksal mancher unserer Vorgänger dank dieser Geschichten eine entscheidende Wendung genommen, ...
aber natürlich gibt es hier nichts von wirklichem Wert.
Ach ja, das da ist das Jadetäfelchen für dieses Stockwerk.
Es sieht unscheinbar aus, aber es enthält den Katalog für die gesamte Ebene.
Ihr könnt nun davon Gebrauch machen.
Lasst reine Energie in das Täfelchen strömen.
Rausch
Danach könnt Ihr mit Eurem dritten Auge ...
Schon gefunden, ...
danke.

Haha ... Was habt Ihr denn eigentlich gesucht?
Hier sind die vermischten Schriften untergebracht, oder?
Ich suche Aufzeichnungen über innere Trugbilder.
RUMMS
?
Das ist ein Unheil, das nur hochrangigen Meistern aus ihren Begierden erwächst.
Ihr seid erst fünf, Ihr ... Ihr werdet doch wohl noch nicht davon betroffen sein?

Meister Chen, probiert einmal, ob es Euch mundet.
Und du, Ating, sag mir, was dir schmeckt.
Nuo!
Nuo,
hast du alles zusammen? Du solltest jetzt zum Herrn Lehrer gehen.
Ich koche nur noch den Kräutersud für ihn.
Bin gleich fertig.

Seid ihr in der Heilkunst bewandert?
Ja, das ist bei uns Familien-tradition.
Nuos Vater war zwar Jäger, ...
aber Nuo selbst hat von klein auf die Heilkunst bei seinem Opa erlernt und mit ihm Kräuter gesammelt.
Die beiden waren die Ersten, die in den Bergen dem Bären begegnet sind ...
Der Opa hat Nuo noch gesagt, er soll schnell weglaufen, aber er selbst hat es nicht mehr geschafft ...
Später hat dann Nuos Vater den Bären in den Bergen aufgespürt und ist auch nicht mehr zurück-gekommen ...
嗒 Blubb
Danke, Meister Chen.

Ihr habt doch bestimmt noch Pfeil und Bogen, Speere und anderes Jagdgerät im Haus, oder?
Wieso?
Sonst bin ich zu nicht viel nütze,
aber mit Fleisch und Fellen zum Haushalt beitragen, das kann ich.
Nenn mich Onkel Chen.
Aber wir haben doch abgemacht, dass ich mich um Euch kümmere, Meister Chen!
Die beiden Kinder sind noch im Wachstum, und ich haue auch ganz schön rein.
Du bist Ärztin, du solltest dich erst mal selbst richtig auskurieren.

Onkel Chen ...
Hey, warte!
Ich will auch Bären jagen!
Mama, ich gehe jetzt.
Bei der Geburt sind die Menschen ...
Bei der Geburt sind die Menschen ...
von Natur aus gut ...
von Natur aus gut ...

[3] Anfang des *Drei-Zeichen-Klassikers* (*Sanzijing* 三字经), eines traditionellen konfuzianischen Lehrgedichts in Versen zu je drei Zeichen, das in den letzten Jahrhunderten des chinesischen Kaiserreichs zu den Grundlagentexten der Kindererziehung gehörte. (Anm. d. Übers.)

Wen hast du denn da mitgebracht?
Nehmen Sie erst einmal Ihre Medizin, Herr Baili.
Das ist Ating, die Enkeltochter von
Großvater Chen.
Ach so ... Die Enkelin des alten Helden, ja?
Genau.
Morgen bringt meine Mutter Ihr Honorar vorbei.
Nicht nötig,
diese tägliche Medizin ist doch bestimmt sehr ...
Ating, das ist Herr Baili,
na los, begrüß ihn mal.
Hat er denn auch ...
richtig krass was drauf?
Aber ja, mehr als jeder andere, den ich kenne.

KNALL
...!!!
Auuu ...
Herr Baili!!
Geht es Ihnen gut?
Hör sofort auf!
Ich meinte doch nicht die Art von krass!
?
Aarggh ...

Großvater Chen, Sie dürfen Ating nicht böse sein!
Ich bin schuld, ich habe sie nicht zurückgehalten ...
Ating, warum bringe ich dir die Kampfkunst bei?
Willst du alle auf der Welt verprügeln, um die Nummer eins zu sein?
Wenn du immer nur zeigen willst, wie stark du bist, wird das irgendwann ein böses Ende nehmen.
Ich will, dass du tüchtig was lernst beim Herrn Lehrer!

Onkel Chen, Ating ist doch noch so klein.
Wenn sie größer ist, wird sie das schon noch begreifen.
Hoffentlich werde ich das noch erleben.
Das musst du!
Du hast mir doch versprochen, du bleibst immer bei mir!

Das wird dein Opa auch, ganz sicher.
So, und jetzt lass ihn erst mal schön in Ruhe essen.
Ach ja, ich habe auch noch ein Geschenk für dich.
Nach dem Essen sehen wir es uns an, okay?
Was ist denn das?

Ich habe gesehen, wie du für Ating ein Holzschwert geschnitzt hast.
Da habe ich mir gedacht: Dieses Holz ist genau das richtige.
Mein Großvater hat es vom Kräuter-sammeln in den Bergen mitge-bracht.
Feuer und Wasser können ihm nichts an-haben, und es ist hart und schwer. Ich weiß nicht, von was für einem Baum es ist,
aber es sieht aus, als wäre es von einem Blitz versengt worden.
Jeden-falls genau richtig für ein Kinder-schwert.
Ein Blitzholz?
Kling.
Das findet man nicht alle Tage.

Hallo,
Onkel Chen!

Dieses Holz
lässt sich kaum noch zurechtschnitzen …
Dafür habe ich nun in einem Dreivierteljahr mehrere Messer verschlissen.
Aber nun sollte es A Ting auf Jahre gute Dienste leisten.
Himmel …

[4] Anfang des *Tausend-Zeichen-Klassikers* (*Qianziwen* 千字文), eines tausend Zeichen umfassenden konfuzianischen Lehrgedichts, das seit der Tang-Zeit (618–907) bis ins 20. Jahrhundert fester Bestandteil der Grundschulbildung gewesen ist. (Anm. d. Übers.)

Übrigens, ...
Sonne und Mond ...
Herr Baili ist wohl auch nicht von hier, oder?
Unsere Jäger haben ihn in den Bergen gefunden.
Er war blutüberströmt und mehr tot als lebendig. Er hat uns erzählt, dass Banditen ihn überfallen haben.
Weil er so schwer verletzt war und weil sein Zuhause so weit weg ist, erholt er sich erst einmal bei uns.
... und Mond ...
Der Arme ...
Er ist sowieso schon so kränklich, und nun geht es ihm nach einem Jahr immer noch nicht viel besser.
Er meint, erst wenn er wieder ganz gesund ist, kann er in seine Heimat zurückkehren.

Seine Verwandten daheim sind noch schlimmer als die Räuber, sagt er.
...
...
Sonne und Mond ...
Sonne und Mond ...

Sonne und Mond stehen mal schräg und mal voll. Die Sterne überziehen das Himmelszelt.
Dummchen.
Hmm …
Kommt dann nicht …
Sonne und Mond … stehen mal schräg und mal voll? Die Sterne überziehen das Himmelszelt?

Meister,
...
wann kehrt Ihr aus Eurer Abgeschiedenheit zurück?

Kapitel 4

Im Dorf herrscht Festtagsstimmung.

Ein Sturm kommt auf.

Herr Baili versinkt in Grübeleien.

Rausch
Knister

Donner

Zisch

Rausch
Klirr

...
Der kleine Meister ist wohl schlecht gelaunt?
Komm mir jetzt bloß nicht wieder mit deinem Geschwätz von irgendwelchen Trugbildern!

[5] Wer sich erfolgreich zum Unsterblichen kultiviert hat, erregt nach daoistischer Vorstellung den Zorn des Himmels, weil er sich gegen die natürliche Ordnung vergangen hat. (Anm. d. Übers.)

An die tausend Jahre beschreitet er nun schon den Großen Weg.
Wenn er auch dieses letzte Verhängnis überwunden hat, wird er endgültig in die Welt der Unsterblichen eingehen.
Vom kleinen Meister wird er dann auf immer getrennt sein und ihn nicht weiter unterweisen können.
Der Weg des Himmels
ist in ewigem Wandel begriffen. Diese Erkenntnis steht am Anfang all unseres Strebens.
Letztlich können wir nur auf uns selbst bauen.
Mach dir keine Sorgen, Bruder.
Der kleine Meister ist jung, aber fest im Geist.

叭
呯
PENG
啪
KNALL
啪
KRACH

Schon wieder ist ein Jahr vergangen ...
Haben Sie
Heimweh, Herr Baili?
Oh ja.
Ich vermisse meinen älteren Bruder.
Ich bin nun schon so lange von zu Hause fort, und er hat gar nichts mehr von mir gehört, da macht er sich wahrscheinlich Sorgen ...
Er ist der Einzige auf der Welt, der sich um mich sorgt.
Nein, ich auch!
Und mein Opa, meine Tante und Nuo auch!

Das ganze Dorf sorgt sich um Sie!
...
Ating, schmier Herrn Baili keinen Zucker auf den Umhang!
Ich schätze mich glücklich, ...
dass ich euch begegnet bin.
Aber nun ist es für mich Zeit heimzukehren.

Sie wollen zurück nach Hause, Herr Baili?
Jetzt gleich?
Aber Sie kommen doch wieder, oder? Und wann?
Ich …
Schluss mit dem Geschwätz!
Wir dürfen Herrn Baili keine Steine in den Weg legen, wenn er wieder mit seiner Familie vereint sein will.
Geht lieber nach Hause und bereitet ein paar schöne Geschenke vor, die ihr ihm mit auf den Weg geben könnt!

Und ihr kommt auch mit! Belästigt Herrn Baili nicht mehr.
Er soll sich in diesen Tagen noch mal richtig ausruhen.
...
Ihr seid schon so lange von zu Hause fort. Ihr solltet wirklich heimkehren.
Unser Dorf kann sich sehr glücklich schätzen, dass Ihr unsere Kinder unterrichtet habt.
Wir werden ein schönes Abschieds-festmahl für Euch veran-stalten.
Packt nur in aller Ruhe Eure Sachen.

Tschiep.
Tschiep.
Tschiep.
Tschiep.

Ich habe gerade erst wieder neue Lebens-energie geschöpft.
Hast du mich schon gefunden?
Tschiep.
Notfalls
müssen wir das ganze Dorf mit-nehmen.

Meister Chen, Ihr versteht Euch doch auf die Kampfkunst.
Könnt Ihr Herrn Baili nicht in die Stadt bringen?
Von dort kann ihn dann eine bewaffnete Eskorte in die Heimat begleiten. Unser Dorf hat dafür schon Geld gesammelt.
Ist gut. Ich wollte sowieso ein paar Heilmittel und Felle auf dem Markt verkaufen, um die Haushaltskasse aufzufüllen.
Herr Baili ist gerade erst halbwegs genesen.
Hoffentlich nimmt ihn die Reise nicht zu sehr mit.
Andererseits sollte er sich zu Hause noch schneller wieder ganz erholen.
Dorfvorsteher!
Dorfvorsteher!

Ein Unglück!
Das Kind von Zhao Sechs ist von Wölfen verschleppt worden!
!
Wie das?
Die junge Zhao hat hinter den Bergen Schafe gehütet. Auf dem Rücken hatte sie ihren Kleinen.
Als wir sie schluchzen gehört haben, waren die Wölfe schon wieder verschwunden.
Ich nehme sofort die Verfolgung auf! Eure Leute können nachkommen, Dorfvorsteher.

Ich stütze Euch.
Bleib lieber zu Hause und kümmer dich um die Kinder.
Mama, ...
ich bringe Herrn Baili seine Medizin.
Komm schnell zurück. Es ist hier nicht mehr so si- ...
Schon klar.
Nur keine Angst!
Ich habe ein Blitzholz-schwert!
Damit beschütze ich euch beide!

Du bist ein mutiges Mädchen,
aber wir lassen deinen Opa das Schwert erst mal fertig schnitzen, bevor du damit spielst, in Ordnung?
Das ist kein Spiel! Ich beschütze euch alle!
Aber ...
Dieses Schwert ist unverwüstlich.
Geht ihr ruhig schon mal, Mama.
Da weint jemand!
Der Kleine lebt noch!
Huuu!
Schnell hinterher!

Huuu!
Wir kommen immer näher!
Das Geheul bewegt sich nach Osten.
Huu!
Puh.
Puh.
Verdammt seltsam, diese Sache.
Puh.
Dieser Wolf dreht einfach nur seine Runden mit dem Kleinen. Will er etwa mit uns spielen?
Seien wir froh, dass das Kind noch lebt.
Los, weiter!
Weiter, Leute!
Huuu!

Meine Mutter meint, Sie sind wieder einigermaßen auf dem Damm.
Sie müssen nur gut auf sich Acht geben auf der Reise.
Passen Sie auf, dass Sie nicht frieren, wenn das Wetter umschlägt.
Du bist ja noch geschwätziger als deine Mama!
Oh!
Kaum rede ich davon, schlägt das Wetter wirklich um.

Haben Sie einen Schirm dabei?
Sollen wir Sie zurück-bringen?
Nicht nötig.
Herr Baili?
Es ist Zeit.

Kapitel 5

In den Bergen
greifen die Wölfe zu einer unerwarteten List.
Im Kampf gegen dämonische Mächte
gerät der alte Schwertmeister in Bedrängnis.

Uäh!
Uuääh!
Uäh!
Uuäääh!

Uuh ...
Uäh!
Onkel Chen!
Uäh!
Haben die Wölfe uns in einen Hinterhalt gelockt?

Hier ist doch was faul!
Was sollen wir denn jetzt tun?
Aaah!

Wir kämpfen uns einen Weg frei!
Zurück ins Dorf!
Das Wetter schlägt um.
Hoffentlich haben die beiden einen Schirm mitgenommen.
Wahrscheinlich fängt es gleich an zu regnen.

Tut mir leid,
dass du mit deinen außer-ordentlichen Fähigkeiten dich mit lauter Tierseelen begnügen musstest.
Die Seele gewöhnlicher Sterblicher kommt zwar auch nicht der eines Meisters gleich, ...
Nuo?
Nuo!
doch zur Not wird das schon reichen.

HUUUUUUUHHH
Was ist denn das ...

Ein Dämon! Das ist ein Dämon!
Ein Dämon! Hilfe!!
Aaargh!
Schnell weg!
Schnell! Suchen wir die Kinder!
Dorfvor-steher!

Dorfvor-
steher!
Dorfvor-
steher!!!

Nun komm schon!
Steh endlich auf!
Nuo!
Puh …
Lass gut sein. Das übersteigt seine Kräfte.
Schließ-lich …

ist seine Seele noch hier.

KNALL
Wumm
Keuch.

KNALL
Sei jetzt ein braves Mädchen.

Ich habe gerade keine Zeit zum Spielen.
HUUUHH

ZACK
HUUUUUHH

Ein Sterb-
licher, der die
Schwertkunst
der inneren
Alchemie be-
herrscht ...
Wie
lästig.

Opa!
Opa, mach ihn fertig!
Er ist böse!
Lauf.
Opa?

Wenn dieser Schwert-meister nur noch ein klein wenig stärker wäre, ...
könnte er womöglich sogar meine magische Schutzhülle durchdringen.
ZACK
Wie schade.

Tatsächlich … Eine Seele, die sich fast mit mir messen könnte.
Ich werde mich gedulden müssen, bis ich dich zu reiner Energie geschmolzen habe.

Opa!
Opa!
HUUUSCHH
Dämon, …
flieh.
Opa!

KNALL
ZISCH
ZISCH

Knister
Verdammt!
Er ist uns schon wieder entwischt.

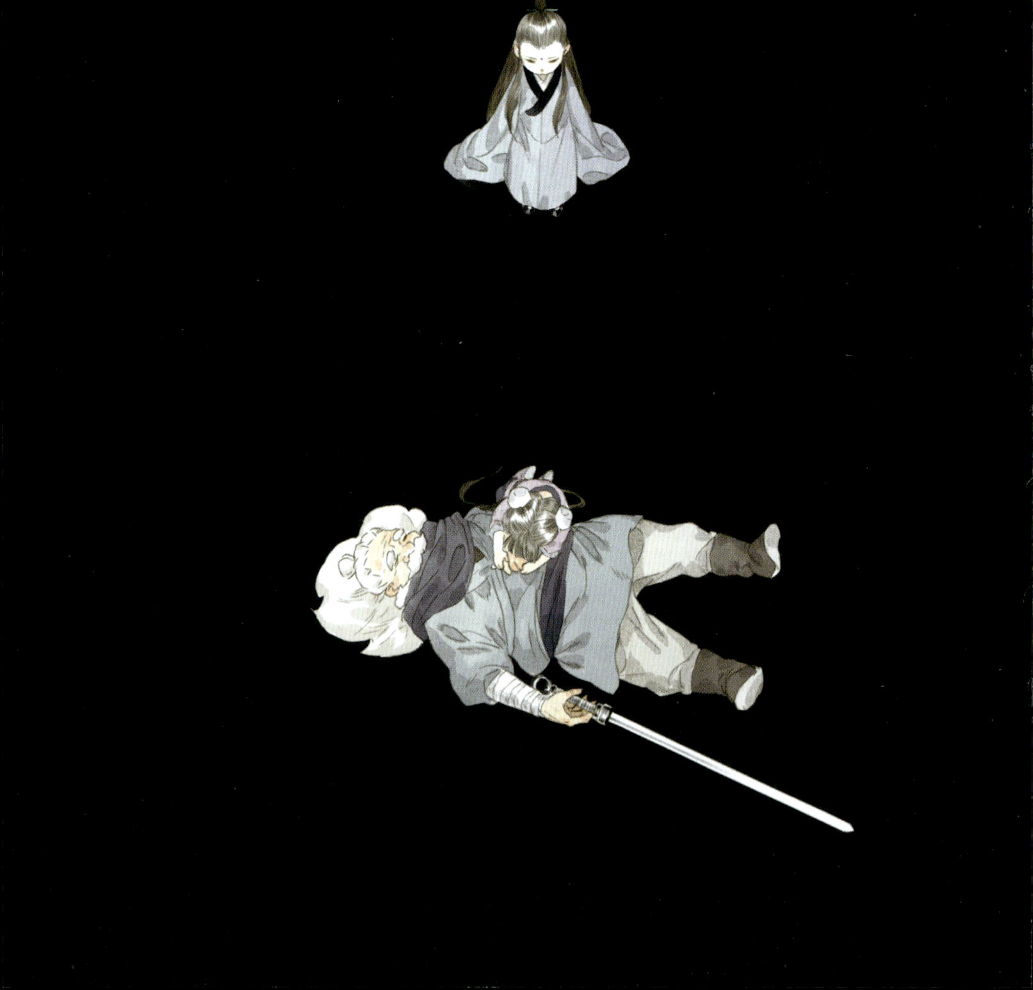

Kapitel 6

Das Zehntausend-Meilen-Auge
verfehlt sein Ziel hauchknapp.
Ating ringt um ihr Leben.
Quchen erfährt von seiner Schwester.

Rausch
Krack
Bruder Yuchi, ...

[6] Eine chinesische Meile (*li* 里) entspricht etwa einem halben Kilometer. (Anm. d. Übers.)

Warum kehren wir nicht zum Meister zurück und lassen uns eine Aufgabe geben, die nicht so mühselig ist?
Bruder, warum so verbissen? Dieser Kerl ist glitschiger als ein Aalgeist.
Dieser Sterbliche ...
beherrschte die Schwertkunst der inneren Alchemie.
Ach, wie schade! Wenn er die Urenergie in sich kultiviert hätte, könnte er nun vielleicht den Großen Weg beschreiten.
So jedoch ... wird ihm wohl selbst die Wiedergeburt verwehrt bleiben.
He, was machst du denn da?

...
Schon wieder haben wir ihn um ein Haar verfehlt, und das zum dritten Mal.
Na und?
Saus
Bumm

Und deshalb
gebe ich mich erst zufrieden, ...
wenn ich den Kerl massakriert habe.
Krach
...
Unser Auftrag lautet aber doch, ...
ihn lebend zu fangen, oder nicht?

Quchen, kleiner Meister, ...

wie ist es dir seit unserem Abschied ergangen?
Meister!
Endlich seid Ihr zurückgekehrt!

Mit deiner Energie ist es nicht weit her,
aber du hast eine zähe Konstitution.
Hm ...

Ächz …
Das tut ganz schön weh, was?
Diese Urenergie nennt man magisches Qi.
Wenn du es nicht schnell in deinen Körper aufnimmst, wirst du sterben.
Ich br- …
Wie bitte?

[7] Energiezentren des Körpers im Daoismus, ähnlich den Chakras im Yoga und in anderen Lehren. Das wichtigste Zentrum liegt im Unterbauch dicht unter dem Nabel. (Anm. d. Übers.)

Aber … wenn ich meditiere, taucht aus irgendeinem Grund immer wieder das Bild eines kleinen Mädchens vor mir auf …
Ich habe die alten Schriften vergeblich nach einer Erklärung durchforscht.

Rausch
!
Was ist denn jetzt los?
Diese magischen Energiewirbel kennen wir doch ... Das ist der kleine Meister, oder?
Sind das nicht die wundersamen Erscheinungen, die er heraufbeschwört, wenn er sich mit Himmel und Erde vereint?
Schon wieder?!

Sollen wir eine Runde über dem Meer drehen, damit kein Wirbelsturm aufkommt?
Diesmal ist Meister Phönixbaum da, also ...
sollte es doch wohl kein Problem geben, oder?
Meister, ...
was stimmt mit mir nicht?
Quchen, ...
öffne deinen Geist.

Rausch
Aah ...
Das ist die Urenergie des Elements Holz, die Meister Phönixbaum in sich kultiviert hat.

So sanft und ausgeglichen – und dabei strotzend vor Lebenskraft!
Der rastlose Wandel der Fünf Elemente beruhigt sich.
Was treibst du denn da?
Na, atmen! So eine Luft bekommt man nicht alle Tage.
Ach ja, richtig, du hast das Element Holz ja gar nicht kultiviert.
Ach so …
Meister?

Wer hätte das gedacht ...
Ach, die Wege des Himmels sind unerforschlich ...
Quchen,
bei der Gestalt in deinem Bewusstseinsmeer ...
handelt es sich höchstwahrscheinlich um deine Zwillingsschwester.
Gewöhnliche Sterbliche, die an der Urenergie teilhaben, sind schon rar gesät,
doch dass zwei Zwillinge beide derart gesegnet sind und sich im Geist auch noch miteinander verständigen können, ist höchst selten.

Wenn sie sich nicht auch gerade dem Großen Weg verschrieben und damit bei dir ein Echo ausgelöst hätte, ...
hätte ich nicht einmal entdeckt, dass du eine Zwillings-schwester hast, mit der du so innig verbunden bist.
Die Gestalt, die du in deinem Bewusstseinsmeer gesehen hast, ist gewiss ein Bruchstück ihres Geistes.
Wie schade, dass ich euch damals nicht beide hierher-gebracht habe ...
Quchen?
Das ist meine ...

kleine Schwester ?
...

Du hast tatsächlich die reine Energie in dich aufgenommen.
Folge dieser Schrift und kultiviere deinen Atem.
Deine Gaben sind zwar nicht gerade überragend, ...
aber mit verdoppeltem Fleiß kannst du das wettmachen.
Raschel

Wenn du mich töten willst, ...
musst du dich schon ein bisschen anstrengen.
Quchen, ...
bist du dir sicher, dass ich dieses Tor nicht für dich schließen soll?

Das Bewusstseinsmeer ist der intimste und verletzlichste Ort eines jeden, der den Großen Weg beschreitet.
Ihr beide habt nun in euren Bewusstseinsmeeren ein Tor geöffnet, das ihr nicht mehr schließen könnt.
Selbst wenn ihr zehntausend Meilen voneinander getrennt seid und du dich im magischen Schutzkreis des Penglai aufhältst, …
können daraus unabsehbare Folgen erwachsen.
Meister, ich schwöre bei meiner Ehre als Schüler des Großen Wegs:
Gleich ob daraus Heil oder Unheil erwächst, ich werde den Penglai nicht in Mitleidenschaft ziehen.

Dafür übernehme ich die volle Verant-wortung.

Kapitel 7

Die Zwillinge
lernen sich im Bewusstseinsmeer kennen.
Herr Baili
verwischt seine Spuren.

[8] Aufschrift auf den Lampions: „Herberge zur heimkehrenden Wildgans".

Wollt Ihr in Eurem Zimmer essen ...
oder lieber unten?
Ihr seid so kränklich, und dann müsst Ihr noch mit Eurer Schülerin umherziehen –
Ihr mutet Euch wirklich zu viel zu.
Ich komme gleich mit Ating zum Essen nach unten.
Es geht nicht anders.
Ohne mich wäre das arme Kind ganz allein auf der Welt.
Ihr habt so ein gutes Herz!

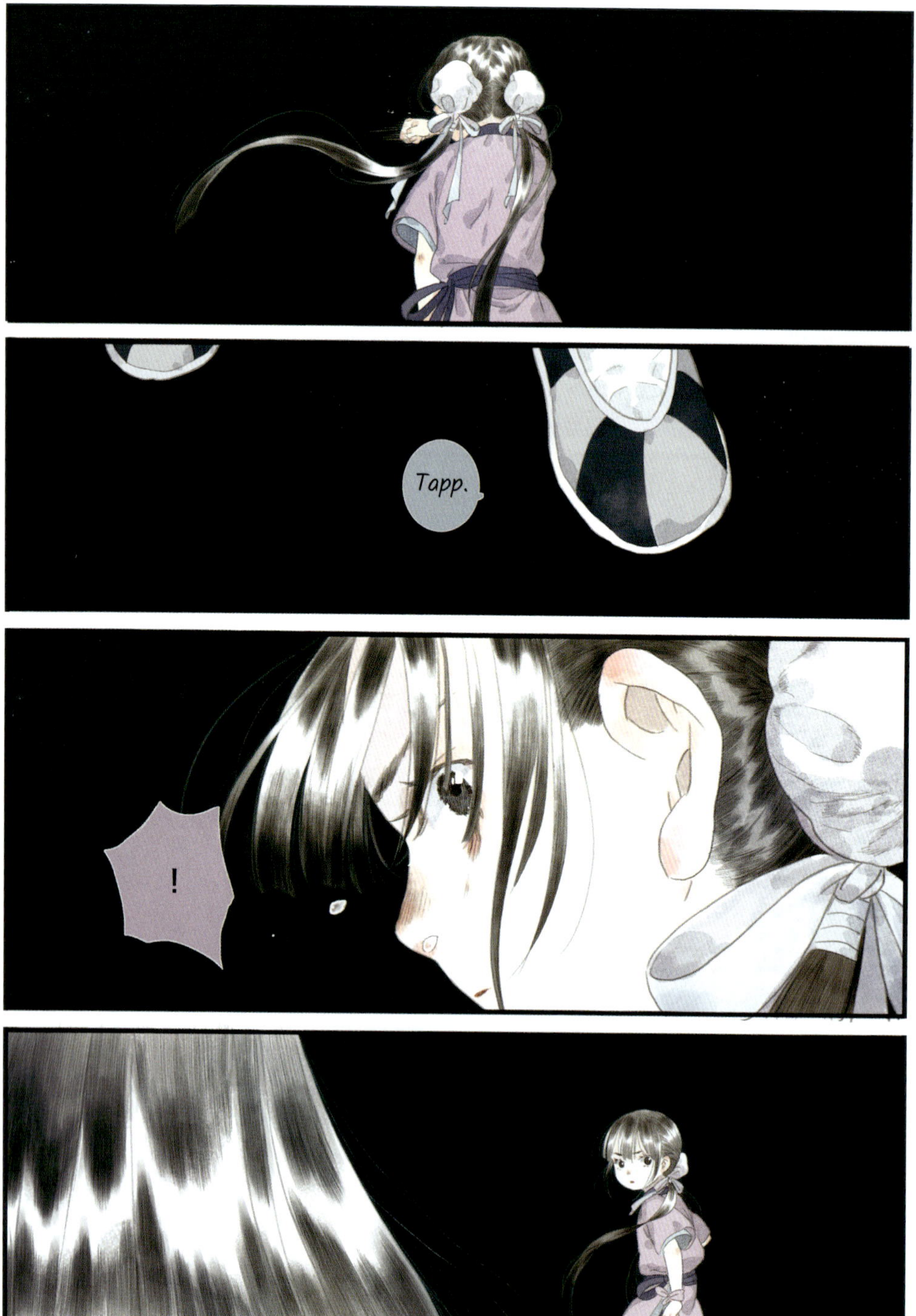
Tapp.
!

Das Tor
hat sich
geöffnet.

Unsinn.
Ein Tru-
...
Trugbild?!

Ich bin dein großer Bruder.
Bruder Phönixbaum,
du willst dich schon wieder in die Abgeschiedenheit zurückziehen?
Wenn der Krug voll ist, fließt das Wasser über.
So weit, wie ich mich nun kultiviert habe ... Ohne den magischen Schutzschirm des Penglai würde die Strafe des Himmels mich schon jetzt ereilen.

Also ...
muss ich durch meinen Rückzug Zeit gewinnen.
Außerdem ...
liegt das letzte derartige Verhängnis schon beinahe 500 Jahre zurück.
Ich weiß nicht, was diesmal der Auslöser sein wird,
doch für unsere Schüler ist es nun Zeit, sich in der Welt zu schulen.

...
Ich weiß, ihr möchtet sie am liebsten hierbehalten.
Der Penglai war noch nie reich an Bewohnern.
Doch wenn unsere Schüler sich jetzt, solange das Unheil noch nicht herein-gebrochen ist, nicht in der Welt umtun ...
und uns etwas zustößt, ...
haben wir niemanden, der uns dereinst nachfolgen könnte.

Bist du ein Dämon oder was?
Und du willst mein großer Zwillingsbruder sein?
Wenn wir wirklich Zwillinge sind – warum bin ich denn dann nicht deine große Schwester?
Weil du gerade erst den Großen Weg eingeschlagen hast, während ich schon die achte Unterstufe erreicht habe.
Und ...

weil ich größer bin als du.
Und jetzt hör auf mit dem Geschrei.
Wir müssen unsere Zeit nutzen.
Oder willst du deinen Großvater nicht retten?

Da- … dafür ist es noch nicht zu spät?
Sein Körper ist zwar hoffnungslos verloren,
aber wenn wir seine Seele an uns bringen können, bevor Baili Ji sie zu bloßer Energie geschmolzen hat, …
dann kann sie vielleicht doch noch in den Kreislauf der Wiedergeburten eintreten.

Der Mörder ahnt noch nichts von meiner Existenz.
Natürlich wird das nicht einfach.
Bevor ich zwölf bin, kann ich mich noch nicht mit dir treffen, und dann wäre es ohnehin zu spät.
Immerhin hast du einen großen Vorteil:
Wenn wir Baili Ji töten ...
und meinen Opa retten können, ...
schwöre ich:

Ich nenne dich Ahnherr oder was immer du willst!
Nun, da du dem Großen Weg folgst, ...
solltest du nicht mehr solchen Unfug schwören.

...
Dann kann ich also gar nicht kontrollieren, wann und wie lange sich dieses Tor zwischen uns öffnet?
Solange ich die Gesetze dahinter nicht verstehe, kann ich mich nur, so gut es geht, für diese Momente wappnen und, wann immer es so weit ist, mehr Informationen austauschen.
Seit sich das Bewusstseinsmeer meiner Schwester geöffnet hat, sehe ich nichts mehr von ihren Träumen und den Bruchstücken ihres Geistes.

Aber damit hatte ich ja schon gerechnet.
Ich notiere mir erst mal die Techniken ihrer Selbstkultivierung. Zum Glück war ich diesmal schnell genug.
Das sieht alles ganz harmlos aus ... Aber was hat das hier zu bedeuten?
Mal sehen, ob ich im Senfsamen-Pavillon mehr darüber finden kann.

来
客
栈
Herr Baili, ...
wollt Ihr etwa ausgehen?
Ja,
nur ein kleiner Spaziergang. Das Wetter ist so schön.

Das Wetter ist so schön?
Spuck!
Würg!
Keuch!

Ich bringe dir erst mal einige geheime Atemtechniken bei, damit du bei deinen täglichen Übungen einen Teil deiner Energie dafür verwenden kannst, deine Meridiane zu kurieren.
Versuch herauszufinden, wie weit Baili Jis Wahrnehmungsfeld reicht. Und ansonsten mach erst mal gar nichts.
Ich soll meine „Meridiane kurieren“?
Die magische Energie von Himmel und Erde ist mit Gewalt in deinen Körper eingedrungen.
Du hattest zwar das seltene Glück zu überleben, aber deine Energiebahnen sind schwer geschädigt. Auch wenn du es jetzt nicht spürst: Du hast starke innere Verletzungen davongetragen.
Wenn du diese Verletzungen nicht gründlich ausheilst, werden sie dich auf dem Großen Weg behindern.

Wenn du so viel drauf hast, dann bring mir lieber ein paar krasse Kampftricks bei!
Kommt nicht in Frage.
Schlag dir das aus dem Kopf, ...
solange du deine Energie-bahnen nicht kuriert hast.
Pah!

Papa, geht es dir heute besser?
Willst du irgendwas essen?
Papa? Was ist denn los?

Schnell! Hol den Arzt!!
Anscheinend geht es mit ihm zu Ende!
Papa!!

Seit er vor einem Jahr vor den Gefolgsleuten des Kunlun geflohen ist, haben wir nichts mehr von ihm gehört.
Mein Gebieter,
noch immer keine Nachricht vom jungen Herrn.
Die Schattenfängerin ist unentwegt nach ihm auf der Suche, aber selbst seinen engsten Vertrauten hat er keine Nachricht hinterlassen.

Sei's drum.
Wenigstens können die alten Herrschaften in unserer Sippe ihn auch nicht aufspüren.
Sein Seelenlicht strahlt immer heller. Gewiss schwebt er schon nicht mehr in Lebensgefahr.
Und seine Verfolger vom Kunlun haben versprochen, sein Leben zu schonen.
Solange er sich versteckt, solltet Ihr Euch aus diesen Querelen besser heraushalten …
Pah!

[9] Zhong 仲 bedeutet: der Zweitälteste von mehreren Brüdern. Ji 季 ist der Jüngste. (Anm. d. Übers.)

Figuren

Quchen

Zwillingsbruder von Chen Ating, als vierter Sohn des Kaisers der Chen-Dynastie mit einem zinnoberroten Muttermal auf der Stirn auf die Welt gekommen.
Aufgrund seiner außergewöhnlichen Gaben nimmt Meister Phönixbaum vom Penglai, der Insel der Seligen, ihn als Schüler an und gibt ihm den Namen Quchen, „Der vom irdischen Staub Befreite".
Im zarten Alter von fünf Jahren verschreibt er sich dem Großen Weg und gibt Anlass zu den schönsten Hoffnungen.

Chen Ating

Zwillingsschwester von Quchen, Tochter des Kaisers der Chen-Dynastie. Weil sie mit einem sechsten Finger auf die Welt kommt, wird sie in einem Schilfdickicht ausgesetzt, wo ein alter Schwertmeister namens Chen sie findet. Er nimmt sie in seine Obhut und gibt ihr den Namen Ating.

Meister Himmelsfeuer

Meister vom Penglai,
der gemeinsam mit Meister Phönixbau
in die Welt der gewöhnlichen
Sterblichen herabsteigt.

Meister Phönixbaum

Meister vom Penglai,
den Gefilden der
Sterblichen entrückt,
doch bei der Wahl seiner
Mittel nicht immer
zimperlich:
Seinen Schüler Quchen
„erschwindelt" er sich
mit magischen Geschenken.

Schüler vom Kunlun

Zwei Schüler vom Kunlun – der wortkarge Yuchi und seine temperamentvolle Mitschwester – treffen auf Befehl ihres Meisters am Kaiserpalast ein, um ihren neuen Mitbruder Quchen abzuholen, doch sie verfehlen ihn. Später verfolgen Yuchi und sein Mitbruder Perle gemeinsam Baili Ji.

Baili Ji

Geheimnisumwitterte Figu
von Kunlun-Schülern verfolg

Schwertmeister Chen

Alter Schwertmeister, der in einem Schilfdickicht Ating findet und sie als Großvater in seine Obhut nimmt.

Namenloser Schwertkämpfer

Will sich für den Tod seines Vaters am alten Schwertmeister Chen rächen, ist ihm jedoch unterlegen. Für die Zukunft nimmt Ating seine Herausforderung zum Duell an.

Frau Zhao und Nuo

Mutter und Sohn in einem Dorf, in der Heilkunde bewandert. Nachdem der Schwertmeister Chen einen Menschen mordenden Bären erlegt hat, nehmen sie ihn samt Ating zum Dank bei sich auf.

Welten und Wesen

Gefilde der Unsterblichen

Penglai

„Bei der Stele Kranichrufe von fernher, als öffnete der heilge Penglai sich zum Meer."
(Liu Cang [ca. 800 – ca. 865]: „Nachts verfasst über den Anblick des Himmelsaltars")

Als eine der fünf Inseln der Seligen in der chinesischen Mythologie wurde der Penglai zum bevorzugten Ziel vieler Unsterblichkeitssucher. Oft steht der Name Penglai auch stellvertretend für die Gefilde der Unsterblichen schlechthin. Auf der Insel erhebt sich der Senfsamen-Pavillon, dessen Bibliothek auf neun Stockwerken unzählige kostbare Bücher birgt.
Der Name Penglai bezeichnet aber nicht nur eine einzelne Insel, sondern auch eine Inselgruppe, die aus drei Inseln besteht: Penglai, Fangzhang und Yingzhou. Von der Kraft der Gestirne getrieben, bewegt sich der Penglai flüchtig wie ein Schatten. Die Bahnen, die er in Zyklen von sechzig Jahren beschreibt, folgen einem unerforschlichen magischen Muster. Je nachdem, welche Richtung er gerade einschlägt, bewegt er sich durch unterschiedliche magische Portale. Deshalb können die gewöhnlichen Sterblichen zwar manchmal einen Blick auf den Penglai erhaschen, doch sie können ihn weder verfolgen noch sich ihm nähern, geschweige denn ihn betreten.
Jede der drei Inseln zeichnet sich durch eine Besonderheit aus: Der Penglai ist ein Ort der Selbstkultivierung, Fangzhang eine Werkstatt für magische Geräte, Yingzhou eine Heimstatt für viele wunderliche Kreaturen.

Kunlun

„Zehntausend Meilen ragt der Kunlun auf, unendlich mühsam ist der Weg hinauf." (Han Yu [768–824]: „Vermischte Gedichte III")

Das Kunlun-Gebirge, das in der Mythologie oft als einzelner Weltenberg gedacht wird, ist eines der bedeutsamsten heiligen Gebirge Chinas, mehr noch: Es ist der Vater aller Berge. Dem Mythos zufolge soll Fuxi, der Ahnherr aller menschlichen Kultur, die Hauptstadt seines Reichs auf ihm errichtet haben.

Magische Gegenstände und Wesenheiten

Magische Wurzel

Eine uralte magische Wurzel aus einer Tropfsteinhöhle am Fuß des Kunlun-Gebirges. Zu einem Baum gewachsen, kann sie drei Pfirsiche tragen. Jeder Einzelne von ihnen schenkt demjenigen, der ihn isst, sechzig Lebensjahre.

Krokodilstrommel

Eine Trommel aus der Haut eines tausendjährigen Krokodils jenseits des Ostchinesischen Meeres. Wer sie vor der Front schlägt, dessen Heerscharen kämpfen für ihn bis in den Tod, und alle Feinde strecken die Waffen.

Magischer Energiemesser

Ein Messgerät der Schüler vom Kunlun, das übernatürliche Kraftquellen in seiner Umgebung aufspürt.

Jadetäfelchen

Wer dieses Täfelchen aus Jade mit magischer Energie speist, kann damit den Bibliothekskatalog einer Ebene des Senfsamen-Pavillons auf dem Penglai einsehen.

Purpurfliegenleuchte

Die Purpurfliege lebt in den Gefilden der Unsterblichen, wo sie die reine Energie von Himmel und Erde atmet und ein Alter von mehreren hundert Jahren erreichen kann. Die Leuchten aus Mondstein, die diese Fliegen mit sich tragen, erhellen die Heimstätten der Unsterblichen.

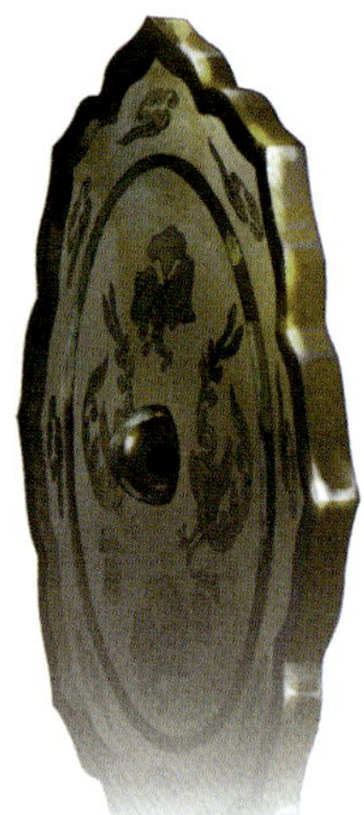

Zehntausend-Meilen-Auge

Magisches Gerät vom Kunlun, das unter anderem räumliches Hellsehen ermöglicht. Wer es mit reiner Energie speist, kann in einem Umkreis von zehntausend Meilen jedes Wesen orten – allerdings nur, solange das gesuchte Wesen keine höhere Stufe der Meisterschaft erlangt hat als der Suchende.

Originaltitel: 步天歌 第一册 Bu Tian Ge (Song of the Sky Pacers), Volume 1

Szenario,Text, Zeichnungen: 夏达 Xia Da

Übersetzung aus dem Chinesischen: Marc Hermann

Lektorat: Yingqun Stille

Satz und Lettering: Elisabeth Wolf, Yingqun Stille

Umschlagsgestaltung der deutschsprachigen Ausgabe: Shujun Wong

Verlag der deutschsprachigen Ausgabe:

Chinabooks E. Wolf und E. Wu, Bühlstrasse 6, CH-8142 Uitikon-Waldegg
www.chinabooks.de | www.chinabooks.ch | www.manhua.ch | www.facebook.com/chinabooks.ch
www.twitter.com/chinabooks_de | www.instagram.com/manhua_at_chinabooks
Tel. 0041 (0)43 540 40 77 | 0041 (0)76 518 45 26 | bestellen@chinabooks.ch

Vertrieb an den deutschen Buchhandel:

GVA Gemeinsame Verlagsauslieferung Göttingen GmbH & Co. KG
www.gva-verlage.de
Postfach 2021, D-37010 Göttingen
Tel. +49 (0) 551 384200 -0 | Fax. +49 (0) 551 384200 -10 | E-Mail: bestellung@gva-verlage.de

Vertrieb an den österreichischen Buchhandel:

Mohr Morawa Buchvertrieb GmbH
Sulzengasse 2, A-1230 Wien
Telefon: +43 (1) 680 14-0 | Fax: +43 (1) 688 71 30 | E-Mail: bestellung@mohrmorawa.at

Vertrieb an den deutschen Comicfachhandel:

Comic Base Berlin
www.comic-base-berlin.de
Baruther Str. 10, D-10961 Berlin
Tel. +49 (0) 30 - 6 94 38 55 | E-Mail: info@comic-base-berlin.de

PPM Peter Poluda Medienvertrieb e.K.
www.ppm-vertrieb.de
Industriestraße 18, D-32694 Dörentrup
Tel. +49 - 5265 - 9 55 88 55 | E-Mail: info@ppm-vertrieb.de

2. Auflage Januar 2024 – Printed in Germany

ISBN: 978-3-03887-015-9 (deutsche Ausgabe)

昆侖
Kunlun
陳
Chen-Dynastie
蓬萊
Penglai